京权图字：01-2018-7902

A Day at the Animal Airport
Text and Illustrations © Sharon Rentta, 2015
Chinese translation copyright © Foreign Language Teaching and Research Publishing Co., Ltd

图书在版编目 (CIP) 数据

考拉坐飞机的一天／（英）莎伦·瑞特（Sharon Rentta）著、绘；筱喆译． —— 北京：外语教学与研究出版社，2018.11（2022.1 重印）
（聪明豆绘本．职业体验系列）
ISBN 978-7-5213-0512-8

Ⅰ．①考… Ⅱ．①莎… ②筱… Ⅲ．①儿童故事－图画故事－英国－现代 Ⅳ．①I561.85

中国版本图书馆 CIP 数据核字 (2018) 第 265737 号

出 版 人　王　芳
策划编辑　刘毕燕
责任编辑　汪珂欣
责任校对　刘毕燕
封面设计　戢怡娟
出版发行　外语教学与研究出版社
社　　址　北京市西三环北路 19 号（100089）
网　　址　http://www.fltrp.com
印　　刷　北京捷迅佳彩印刷有限公司
开　　本　889×1194　1/16
印　　张　2.5
版　　次　2019 年 1 月第 1 版　2022 年 1 月第 6 次印刷
书　　号　ISBN 978-7-5213-0512-8
定　　价　34.80 元

购书咨询：（010）88819926　电子邮箱：club@fltrp.com
外研书店：https://waiyants.tmall.com
凡印刷、装订质量问题，请联系我社印制部
联系电话：（010）61207896　电子邮箱：zhijian@fltrp.com
凡侵权、盗版书籍线索，请联系我社法律事务部
举报电话：（010）88817519　电子邮箱：banquan@fltrp.com
物料号：305120001

记载人类文明
沟通世界文化
www.fltrp.com

聪明豆绘本·职业体验系列

考拉坐飞机的一天

［英］莎伦·瑞特 著/绘　筱喆 译

任溶溶 审译

外语教学与研究出版社

北京

假期到了，考拉卡伊和莎伦一家准备去探望奶奶。

要收拾的行李可真多。
卡伊向爸爸妈妈演示
往行李箱里塞进更多
东西的方法。

莎伦认为，绝对不能带太多
泰迪熊去旅行。

奶奶住在考拉隆坡。
那是一个遥远的地方，
所以他们决定坐飞机。

前往机场的路上，卡伊大声地唱着好听的歌曲，
这样爸爸才不会在开车的时候睡着。

终于，他们来到了……

机场！

一眼望去，都是飞机。

大部分的飞机
都没有牙齿。

这架飞机叫"巨无霸"，
它几乎跟大象一样大。

飞机库

食品

燃料

巨无霸

动物机场

出发

送机口

5

考拉一家需要先办理值机，就是向值机柜台的工作人员出示护照。

每位乘客都很着急，大家排了长长的一队。

这是卡伊的护照。
当他还是个婴儿的时候就有了。

考拉卡伊
护照

鸵鸟的护照找不到了。

豪猪的脾气
有点儿火爆。

火鸡的航班延误了，一直推迟到圣诞节。

卡伊推行李车是把好手，
只是不太会停车。

终于轮到考拉一家办理值机了。

他们的行李箱被搬上传送带，
运至机舱口，进入行李舱。

行李传送带看上去很好玩儿，
但是动物们却不许入内。

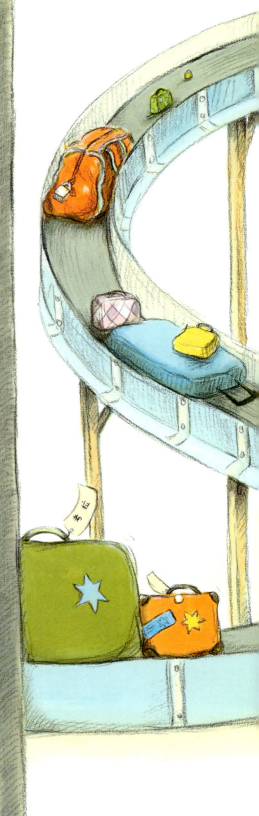

行李
扫描仪

鲍伯在行李舱工作，他的
任务是把行李运送到正确的飞
机上。
今天鲍伯累得腰都
快断了，他需要喝杯茶、
歇一歇。

安全检查

接下来，每位乘客都需要接受安全检查。

每件行李中的物品都需要接受 X 光扫描，因为有些东西禁止被带上飞机。

X光检测仪

禁止被带上飞机的物品包括（但不限于）：

水枪

烟花

尖锐物

对于某些乘客来说，"随身"的袋子也需要检查一下。

还有一些乘客需要解下皮带、脱掉鞋子，然后排队通过金属探测仪。

对于犀牛来说，金属探测仪的通道显然有点儿窄。

哎呀!

温馨提示：
安全检查之后记得把皮带重新系好，
否则裤子可能会掉下来。

11

终于，考拉一家来到了候机大厅，
这是乘客们等待飞机起飞的地方。
妈妈想购物，爸爸想去吃快餐，
卡伊则撑在小兔子背上玩了一次跳山羊。

妈妈试穿了一套比基尼。

爸爸给奶奶买了一些香水。

然后就到了午餐时间。莎伦给自己做了一顶意大利面条帽。

卡伊的三明治可以像飞机一样飞行。

咖啡厅靠窗座位的视野还不错，从那里望出去，跑道上的景象一览无余。

卡伊在数飞机。

一共有九架飞机、

一架直升机和一枚火箭。

胡萝卜航空

安吉拉是塔台管制员，她的职责是避免飞机撞在一起。

一枚火箭在跑道上空翻跟斗。安吉拉命令火箭飞行员立即停止炫技。

午饭后还有点儿时间，于是考拉一家打了个盹儿。

爸爸的呼噜声最响。

突然，大家被响亮的机场广播吵醒了。

"**最后一次**通知，

飞往考拉隆坡的考拉一家，

请**尽快**前往 2 号登机口登机。"

16

哦，天哪！他们要误机啦！

卡伊和莎伦大喊"哟嗬"
给爸爸妈妈加油鼓劲。

17

跑向飞机的路可真长。
爸爸拼尽了全力，还是
跑不过妈妈。

地勤员土拨鼠正准备
引导飞机上跑道。

地勤员示意妈妈，她新买的比基尼掉出来了。

清洁

熊氏航空

牵引车

地勤员挥动手中的牌子示意飞行员。
这些指令的含义如下：

向右转　　　　　前行　　　　　停止！！！　　　　跳个舞　19

考拉一家总算赶在最后一刻登上了飞机——好险！

他们刚刚系好安全带，飞机引擎就"轰隆隆"地发动了。

飞机马上就要起飞啦！

飞机在跑道上猛冲了一段，然后……

腾空而起！

他们冲上了云霄！

这里是驾驶舱，机长斯科蒂和副机长平克负责驾驶飞机。

要弄明白机舱里这些按钮和仪表盘的用途，得花上好几年的时间。

一旦飞机升入高空，乘务员便开始供应食品。

有的乘客会有些特殊的用餐要求，也就是说他们吃的
跟大家不一样。

臭鼬点了"有味道"的一餐。

两只兔子点了"全素餐"。

24

飞机餐的餐盘上有一些小碟和小碗。

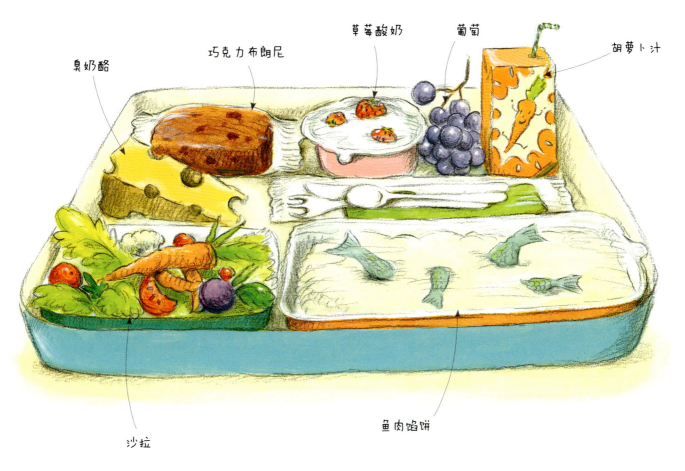

臭奶酪

巧克力布朗尼

草莓酸奶

葡萄

胡萝卜汁

沙拉

鱼肉馅饼

噗——

要想打开这些小碟和
小碗真不容易。
　　果汁特别容易从纸盒
里喷出来。

吃完饭，爸爸妈妈开始打盹儿。

卡伊和莎伦则在一旁忙活着。

首先，他们试了试新买的水彩笔。

啦 啦 啦！

然后他们把喜欢的歌曲
一首接一首地唱完了。

正当他们跳舞的时候，
突然……

机长斯科蒂的声音从广播中传来：

"请大家回到座位上坐好，飞机就要降落了！"

飞机降落时从舷窗往外看，那感觉真是过瘾啊！

不过，清理脸上水彩笔的痕迹可就没那么过瘾了。

终于到达目的地啦!

考拉隆坡可真热!

尤其对企鹅来说。

到达大厅里，

远远地便看见奶奶在挥手。

不过，他们得先去取行李。

这是取行李的大转盘，

它转得可比你想象中要快得多。

终于，他们来到了……

29

奶奶的大派对！

这个派对真是太棒啦！

考拉爸爸，跳得真棒！

让任何一天都可以变颜色的神奇魔法

儿童阅读推广人　蔡冬青

　　如果要给"带着年幼的孩子做的事情"列一个麻烦指数排名，我估计乘坐飞机、长途旅行的一天，无论如何都会榜上有名。想到那样的一天，家长都会觉得不胜其烦，脑中闪现的是鸡飞狗跳、混乱不堪的场景。可是那样的一天，真的不可以很美好，甚至还时常想要去开心地回忆一下吗？

　　如果我们一起翻开这本讲述考拉一家坐飞机的绘本，你嗅不到那种狼狈慌乱的味道。你只会发现，考拉一家高高兴兴地把这一天过得妙趣横生。从他们整理行李开始，这趟旅程就像一个游戏，虽然这游戏并不是专门设计来玩的，却让身处其中的人感受到了无穷的乐趣。

　　去机场的路上，不要时刻惦记会不会误机，应该来一首动听的歌曲，心情才够飞扬。到了机场，那一架架大小不一、形态各异的飞机，简直就是一个很棒的免费航模展。值机柜台的队伍那么长，正好可以好好观察一下每种动物的模样和着装……这关于坐飞机的一切，除了角色变成各种各样的动物外，简直跟真正的机场毫无二致。可为什么到了真实的场景中，却不再有这般可爱的模样？也许，一副神奇的眼镜，能够帮助我们找到答案。

　　这副眼镜就是绘本。

　　绘本有个特殊的本领：一个用文字叙述出来会显得很"平淡"的故事，用图画来讲就大不一样了。如果这个故事仅仅有文字，而没有那些生动传神的画面，没有那些跃然纸上的细节，我们就很难把注意力从"赶飞机"这个有某种特定情绪色彩的感受中抽离出来，转而去关注那些事实上本来就很有趣，却被我们忽视了的东西。例如，不同飞机的型号和颜色有哪些？不同航空公司的标志是什么样子？为什么这样设计？坐在咖啡厅靠窗的位置，可以欣赏到怎样的景象？这些我们觉得稀松平常的事情，因为变换成动物的角色，加上顽皮和夸张的图画，一下子变得完全不一样了。

　　飞机也可以有牙齿，兔子可以选择只有胡萝卜的午餐，长颈鹿差点儿直接把头伸进行李转盘里找行李……这些情节，让孩子一下子有了阅读兴趣和角色代入感。他们可以在这样的故事中自然而然地认识飞机、了解乘坐飞机的规则和流程，甚至能体会到旅途中的心情。如果他已经坐过飞机，这个故事会让他在心里完成一遍很过瘾的坐飞机版"过家家"，然后他肯定还想要当一回故事里的"考拉"，期待着下一次好好用心感受的旅途。如果他还没有坐过飞机，去体验一下这样有趣的坐飞机的一天，这恐怕会成为他愿望清单里很重要的一项。

　　不过，那副神奇的眼镜，真的仅仅是绘本吗？

　　其实根本就不可能。

　　那是一种在亲子交流中父母的情绪输出所带来的神奇魔力。对精力旺盛、凡事充满好奇的孩子来

说，坐飞机就是和"考拉一家"一样好玩儿和精彩的事情，并不是充满了麻烦、疲惫、混乱和烦躁。如果父母希望带给孩子一些正面的生活回忆和情绪感受，帮助他们建立更好的安全感，那么我们是否愿意以更充分的准备、更积极的心态和更豁达的态度来面对类似的"生活事件"呢？

打扫屋子、打扫庭院，是可以发现生活之美、发现自然秘密的好机会；生病发烧、摔跤跌倒，是可以让身体休息、让自己长大一次的好机会；不小心把桌布烫出了一个洞，是可以为它绣上一个美丽图案的好机会；在回家的路上偶遇大雨，是可以多认识一个朋友的好机会……

"麻烦"是个欺软怕硬的家伙，只要你一点儿也不害怕它，它就会自己悄悄地躲起来。把麻烦变成乐趣，是一种生活智慧。这种能力可以最大限度地减轻一个人内心的焦虑感，让他变得更加平和而愉悦。而对孩子来说，他们的焦虑则更多的来自父母的情绪传递，最后才慢慢演变为性格中的一种特质。

如果带孩子坐飞机这种头号的麻烦事都可以变成一场快乐的游戏，那日常生活中，还有什么事情是非得把眉头一皱到底的呢？

我们都得学学酷酷的考拉一家，他们一下飞机就玩得那么开心！就是这样，心态积极的人，心情永远都会停留在阳光满满的热带沙滩。